물모자를 선물할게요

신영배

물모자를 선물할게요

신영배

PIN
027

차례

PIN

027

물모자를 선물할게요

신영배

시

슬픔 속에서 다리를 계속 꺼냈다

아름다운 다리를 꺼낼 수 있는 사물을 발명했다
그 사물을 발명한 날은 당신이 떠나는 날이었다
다리를 꺼내 당신의 뒤에 붙였으니까
뒤가 내는 소리엔 눈을 감았다

그 다리가 하도 아름다워서
나는 수없이 그 사물을 발명했다

어제는 벽에 대놓은 탁자가 떠났다
더듬어서 탁자를 쓰고
그 탁자 위에서 시를 썼다
무너져 내리는 것들

겨울엔 하얗게 언 다리를 꺼냈다
시집에 붙이고, 차가운 몸을 며칠 안고 있었다

겨울에 만난 연인은 책 한 권을 얼릴 수 있다

아침엔 새와 초록이 떠났다
문장엔 아주 가볍고 작은 다리들을 붙였다
숲의 일이었다

나의 숲은 너무 촘촘해
누구라도 들어올 틈이 없다
숲을 어떻게 벌릴까

여름엔 우산이 떠났다
쓰러진 우산, 끌려간 우산, 찢어발겨진 우산, 돌
에 매달려 수장된 우산, 기계에 갈려 형체가 없어진
우산……

우산이 떠나고 그녀(B, 32)가 다리 없이 드러났다

나는 걸을 수 없어
거울 속 우거진 수풀에 덮여갔다

그 사물 속엔
다리
다리밖에 없는 다리
다리 밖의 다리
흔들며 멀리 가는

그 사물 속에서 다리를 꺼내 나의 구두에 붙였다
그녀의 골반에도 붙였다
B와 32에도 붙였다
우리는 떠날 것이다

젖은 시집 속에서 다리를 꺼냈다

만나고 도는 원피스 속에서 다리를 꺼냈다

작고 기울어진 방에서 다리를 꺼냈다

물모자를 쓰고

물모자를 쓰고 선물을 생각했다 물모자 속에는 선물이 들어 있다 선물은 어떤 모양일까 물모자를 쓰고 거울을 들여다보았다 어느새 귀는 예뻐졌을까 어디서 예쁜 말을 들었을까 어디일까 예쁜 말일까 물모자를 쓰고 커피를 내렸다 물웅덩이가 살짝 비치고, 향기일까 향기가 감싼 하루일까 그 속에서 무슨 꿈일까 물모자를 쓰고 물구나무를 섰다 머릿속에서 무엇을 뒤집을까 물모자를 쓰고 창문을 열었다 새가 물모자를 물었다 새의 순간일까 물모자를 쓰고 산책을 나갔다 나무일까 나무와 헤어질 때일까 그때의 등 색깔일까 물모자를 쓰고 산책에서 돌아왔다 점점 길어지는 물모자, 오후일까 둥글게 부풀어 오르는 물모자, 달밤일까 물모자를 쓰고 선물을 생각했다 물모자 속에는 선물이 들어 있다

물모자를 벗어볼까 물빛 챙이 한없이 넓어지고

그 책을 읽는다

그 책을 읽는 동안 당신은 떠난다
한 장 한 장 떠난다

그 책을 읽는 동안 당신은 떠난다
한 문장 한 문장 떠난다

그 책은 달과 물송이가 나오는 책
달빛이 물송이를 굴리는 책
당신과 나 사이, 물송이에 관한 책

나는 물모자를 쓰고 그 책을 읽는다

책 중간에서 당신이 뒤를 돌아보았으면 좋겠다
책과 물모자 사이, 나의 몸은 뜨는 것
당신처럼 나도 떠나는 것

강이 마른 길 위에서
물송이 모양을 건지는 것

물모자를 쓰고 그 책을 읽는다

물송이 굴러가는 소리
그 소리에 싸여
달밤

책의 한쪽 면이 달의 뒷면처럼 검어진다
검은 표면에서
뛰어오르는 물송이와 함께
그녀들이 등장한다
검은 주검들이 드러나고
그 사이에서

그녀들은 물웅덩이를 판다

사랑이 끝난 곳에서 죽도록 찾아 헤매는 문장은
무엇일까

나는 물모자를 쓰고 그 책을 읽는다
책을 읽는 동안 당신은 떠난다

책 끝에서 당신이 뒤를 돌아보았으면 좋겠다
책과 물모자 사이, 나의 몸은 뜨는 것
물모자가 다 마르기 전에
아름다운 모양을 건질 것이다

한 글자 한 글자 떠나기 위해

물모자를 선물할게요

끝
그 끝에 물모자를 선물할게요
혼자
그 옆에 물모자를 선물할게요
밟힌,
여린 껍질을 가지고 있던 것
그 위에 물모자를 선물할게요

수풀 속에 숨은 소녀
소녀의 눈동자 앞에
끌려가다 벗겨진 신발이
다른 세상에 놓이고
한쪽은 신발을 찾을 수 없는 꿈속
그 속에
물모자를 선물할게요

슬픈 맨발 위에
물모자를 선물할게요

그녀들은 달려와 나의 시들을 헤치죠
가져갈 것 하나 없다고 투덜거리죠
나는 시-옷을 입고 있어요
걸칠 것, 그거라도 가져가야겠다고
그녀들은 내 옷을 다 벗겨 가죠
물모자
그 옷에 딱 어울리는
이 물모자요
나는 그녀들에게 달려가요

시-옷은 걸쳐도 알몸이에요
그녀들은 울어요

우는 알몸 위에 물모자

선물할게요

나도 울어요

수로에 알몸으로 처박혔던 그녀와

폭우 야산에서 알몸으로 흘러내렸던 그녀와

화면에 뜨고 돌아다니는 알몸과

버려지고 어두워지는 알몸과

물모자를 선물할게요

당신이 도는 길목에서

파도가 칠 거예요

노래처럼요

문 뒤엔 꽃과 바다를 놓을게요

물모자를 쓰고 문을 여세요

바람은 물모자 속에서 잠잠해요
뒤집히지 않는 단어를 하나 가지세요

연주를 해야 하는데 손가락들이 사라진 밤이 있
어요
달빛 위에 살짝
물모자를 선물할게요
건반 위에서 흰 달을 쳐요

시-옷을 입은 내가
시-옷에게
물모자를 선물할게요

혼자 사랑하는 사람이 있어요
물모자를 선물할게요

암이 재발할지 몰라요
물모자를 선물할게요

달밤엔 달을 따라 움직여요
물모자를 선물할게요

당신은 한창 시도 씹어 먹을 나이
물모자를 선물할게요

나를 따라온 길고양이 내가 따라간 길고양이
길을 물로 바꾸고 나는 물고양이
강가에서 탁 꼬리를 세워요

예쁘장한 단어도 하나 가져요

지금은 물모자를 쓰는 계절인걸요

그녀를 꺼내주세요

1

7층이었다
나무 한 그루가 7층을 붙들고 있었다
그녀가 나무 속에 있었다
비가 나무에만 내리는 이야기였다
구두에서 물송이들이 뛰어내렸다
경쾌한 소리가 났다
나무가 뛰어내렸다
그녀는 붙들었다
붙든 게 나무인지 7층인지
비가 구두에만 내리는 이야기였다

2

가슴을 찌른 것들이 가슴을 그렸다
유리 조각이 선명해졌다
삽이 선명해졌다
우산이 선명해졌다
이상한 그림을 그리는 여자가 있었다
이상한 그림 속에 있었다

3

쓰레기통 속이 가득 찼다 시를 쓰다 버린 종이로,
그 종이로 싼 걸레로, 그 종이로 싼 썩은 과일로,
그 종이로 싼 속옷으로, 그 종이로 싼 손톱과 발톱
으로, 그 종이로 싼 짧고 얇은 치마로…… 어떤 시

를 찾아야 하는 날엔 쓰레기통을 뒤졌다 종이를 꺼
내 펼쳐서 읽었다 시인가 읽었다 시처럼 읽었다 시
라고 읽었다 쓰레기통이 놓인 방은 막 굳는 냄새가
나고 꿈속이고 누군가 시멘트 반죽을 쓰레기통에
부어놓았다 시멘트가 점점 굳어가고 있었다 쓰레
기통에서 얼른 시를 꺼내야 했다 그녀인가 목만 내
놓고 시멘트 속에서 굳어가는

4

그 방을 피아노가 설명하고 있었다
쇼팽은 멀리서 흐르고
피아노 속에 그녀가 있었다
그녀는 피아노 밖으로 두 손만 내놓고 있었다
쇼팽은 멀리서 흐르고

그녀의 두 손이 피아노를 뒤집기 시작할 때

나는 두 손으로 검은 누드를 썼다

맞아서 검은색

썩어서 검은색

아무도 찾지 않아서 검은색

묻혀서 검은색

쓸쓸해서 검은색

말이 없어서 검은색

말이 붙어서 검은색

검은색 속에 갇혀서 나의 두 손은

그녀의 두 손과 닿아서 우리는

검은색 피아노 속에서

쇼팽은 멀리서 흐르고

5

풍덩

물웅덩이로 뛰어든 걸레

풍덩

물웅덩이로 뛰어든 썩은 과일

풍덩

물웅덩이로 뛰어든 속옷

풍덩

손톱과 발톱

풍덩 치마

방에서 시를 쓰다

방에서 시를 쓰다

이미 굳어버린 문장들

문장의 작은 발에 물구두를 신기고

문장의 뾰족한 머리에 비스듬히 물모자를 씌우고

문장의 어깨와 나란히 물가방을 놓고

문장이 걸을 때

문장이 창밖을 내다볼 때

문장이 어깨에서 여행을 꺼낼 때

위험할 정도로

발이 예쁜

머리가 뾰족한

어깨가 기울어진

나는

방에서 방을 밀다

방이 조금씩 밀리고

손바닥에 물이 불어나면 강이 보인다

더 밀면 강물 위에 방이 뜬다

더 밀면 강물 속의 방이다

밀다

미끄러지다

밀다

미끄러지다

방에서 방으로 건너가다

다리를 꺼내자 흐른다

다리를 세우고 걸어간다

흐른다

한쪽 다리를 멀리 뻗어 건너간다

흐른다

그 방에선 여자들이 등장한다

물웅덩이를 파러 뛰어다니는 여자들

여기다, 하고 등장한다

등장해서 물웅덩이를 판다

방에서 방을 끌다

가방을 싼다

가방 속에 방 하나를 다 집어넣는다

여행을 떠나기 위해

물모자를 쓴다

물이 줄줄 새는 여행-가방을

끈다

방에서 방을 파다

어디일까

판다

파는 일일까

판다

물이 고이고 웅덩이가 생긴다

여자들이 방으로 건너온다

나는 등장한다

여자들 속에

여기다, 하고 여자들이 물웅덩이를 판다

여기다, 하고 나는 등장한다

물구두를 신고 걸어갔다

마을버스 안에서 마을을 잃어버리고
상점 안에서 계산을 잊어버리고
물구두를 신고 걸어갔다
달리는 전철 안에서 달리고
새가 사라진 곳에서 날고
물구두를 신고 걸어갔다
책은
점점 어두워지고
무거워지고
물구두를 신고 걸어갔다
날 수 없는 시간과
떨어지는 시간과
물구두를 신고 걸어갔다
물의 열쇠로 열 수 있는 물의 집
물로 켤 수 있는 물티브이

물로 차린 물식탁

일상에 물귀를 달고

물귀로 읽을 수 있는 문장

물구두를 신고 걸어갔다

그녀 뒤를 따라서 걸어갔다

다치고 나서 문장을 가진 그녀

그녀는 등에 책의 깃털을 키웠다

날아오를 수 있을까

등이 새파래지고

길바닥에서 각목 1에 다친

침대와 주삿바늘 2에 다친

빈집의 빗소리 3에 다친

다친 문장은 닫힌 책

물구두를 신고 걸어갔다
그녀와 붙어서 걸어갔다

또각또각 물의 집에 닿으면
또각또각 물티브이가 켜지고
또각또각 일상의 물이 식탁에 차려지고
또각또각 물귀와 함께
또각또각 그녀의 책이 열리고

원피스를 같이 입을 언니나 여동생이
있었으면 좋겠다

이것은 정말 예쁜 원피스다
검은색과 러플
조금 무거운 자리에 입고 나갈 것이다
어둠 속에서 돌 것이다
남자와 만날 때에도 입고 나갈 것이다
헤어질 때 돌 것이다

이것은 정말 예쁜 원피스다
등을 살짝 돌린 이야기
그녀들이 알 만한 웃음
혼자라면 웃다가 조금 쓸쓸해지는

이것은 정말 예쁜 원피스다
상자에 담겨 집으로 왔고
펼치자 내가 써야 할 문장

달이 떠 있는 동안 원피스를 입고 있을 것이다
이것은 정말 예쁜 서정시다

등을 구부리고
그 등을 두 팔로 감싸고
안간힘으로 한 번 펄쩍 뛰었다
등에 달린 지퍼가 올라가지 않았다
오그라든 그림자
그대로 저녁
1인 가구였다

언니, 이것 좀 올려줘
풍덩, 물웅덩이에서 소리가 나고
여동생의 등에선 아름다운 냄새가 날 것이다
등이 깊어지고, 언니일 것이다

등에 달린 지퍼를 올려주고 내려줄

그녀들의 손끝

원피스를 같이 입을 언니나 여동생이 있었으면

좋겠다

이것은 정말 예쁜 원피스다

검은색과 러플

달이 뜨자

원피스 위에 물모자가 떴다

물모자 속에서

그녀들의 손끝이 움직였다

원피스가 양쪽 팔을 내밀었다

물모자가 약간 기울었다

춤을 추자는 몸짓

나는 원피스와 두 팔을 잡았다

춤을 추었다
방 안에서 빙글빙글
돌았다
문장들
돌수록 늘어나는 원피스들과
그녀들의 손끝과
도는 춤
물모자는 왈츠 왈츠 왈츠

나는 어느새 원피스를 앞뒤 돌려서 입었다
등에 달린 지퍼가 가슴에 놓였다
지퍼를 끝까지 올렸다
가슴이 살아났다

우리는 까르르 웃었다

이것은 정말 예쁜 원피스다
달이 떠 있는 동안 춤을 추었다
그녀들의 손끝과
나는 돌고 돌고 돌고
물모자는 왈츠 왈츠 왈츠

달빛을 끌고 가는 여자가 있었다

달빛을 전시할 순 없다고 했다

달빛으로 의자를 만들다니

의자를 전시할 수 없다고 했다

의자 옆 소녀라니

치우라고 했다

그녀는 달빛을 끌고 밖으로 나갔다

미술관 벽이 달빛을 따라 움직였다

달빛을 끌고 갈수록 미술관은 점점 넓어졌다

전세계미술관 제1전시실

#누구나 옮길 수 있는 의자

의자를 끌고 갔다

발자국이 생겼다

나무가 의자 속으로 들어갔다

나무와 의자를 끌고 갔다

발자국이 생겼다

강물이 의자 속으로 들어갔다

강물과 의자를 끌고 갔다

발자국이 생겼다

바람이 의자 속으로 들어갔다

바람과 의자를 끌고 갔다

발자국이 생겼다

제2전시실 달빛발자국展

누군가 그 의자에 못을 박았다

누군가 그 의자에 침을 뱉었다

누군가 그 의자에 낙서를 했다

달빛을 끌고 가는 여자가 있었다

뾰족한 못 위에 앉아도 찔리지 않는 치마를 발명

했다

악취가 나는 침에도 더러워지지 않는 치마를 발
명했다

낙서 위에 쓰는 시-치마를 발명했다

제3전시실 달빛치마展

 # 누구나 앉을 수 있는 의자

 # 내가 아주 작은 소녀일 때

소녀가 달리면 달리는 나비

소녀가 서면 서는 나비

소녀가 춤추면 춤추는 나비

소녀가 날면 나는 나비

제4전시실 달빛나비展

끌려갔다

끌려갔다

끌려갔다

끌려갔다

끌려갔던 곳으로

끌려갔던 곳으로

달빛을 끌고 가는 여자가 있었다

달빛을 끌고 가는 여자가 있었다

그 티브이에선 지도가 재생되었다

끌려갔던 끌려갔던 끌려갔던 끌려갔던 곳

곳 곳 너무 먼 곳 곳 너무 많은 곳

곳 저기 저기

여기

강가의 의자에 앉았다

물결에 닿자 의자가 물렁해졌다

여자가 일어섰다

거대한 달빛치마가 펼쳐졌다
달빛치마에 스며들어 의자가 켜졌다
그 티브이 환하게
제5전시실 달빛티브이展

여자가 걸어갔다
거대한 달빛치마가 움직였다
어두운 곳으로
더러운 곳으로
무서운 곳으로
환하게 움직였다
#어디서든 켜지는 의자 #언제든 켜지는 의자

달빛을 끌고 가는 여자가 있었다

모래 위 물가방이 얼마나 아름다운지

모래 위에 앉아 있다
쓰는 것은 반짝이는 다리일 것이다
끝에 빠지고 사랑은 다리를 가졌다

모래가 몸을 읽었다
목을 읽자 목이 흘러내리고
어깨를 읽자 어깨가 흘러내리는
물-몸-가방
모래 위에 쓰러졌다

나는 물가방을 안았다
가슴을 읽고 또 읽었다

시라고 읽는 것이 있었다
모래 위였다

시라고 쓰는 것이 있었다

모래 위였다

끝에 빠지고 사랑은 다리를 가졌다

물가방을 안고 달렸다

흘러내려라

흘러내려라

어떤 부리를 대하는 날

새가 창문으로 부리를 집어넣었다 아픈 날이다 누워 있는 날이다 눈이 감긴지 모르는 날이다

거대한 부리다 방을 다 차지한 부리다 벌어지지 않는 부리다 조용한 부리다

아픔을 읽어주는 부리다 소리가 없고 주름만 있는 부리다

주름을 듣는 날이다 귀가 막힌 줄 모르는 날이다 주름이 흘러내리는 날이다 주름에 묻히는 날이다

부리가 읽고 나는 모자다 그들이 쏘아 맞춘 48개의 모자다 고양이로 불린 48개의 모자다 48개의 욕을 뒤집어쓴 48개의 모자다

부리가 읽고 나는 구두다 하체가 벗겨졌던 구두다 법정으로 다섯 명의 사내를 끌고 가던 구두다 그 다섯 사내가 기름을 붓고 불을 지른 구두다 계속 타는 구두다

부리가 읽고 나는 등장하는 여자다 사물로 등장한다 풍덩! 사물의 물로 등장한다 동시에 사물의 물로 쓰러진다

내가 읽고 부리는 벌어진다 아픈 생김새다 출렁이는 주름이다

물이름을 붙이고 싶은 부리다 떠나지 말았으면 하는 부리다 같이 있으면 같이 아픈 부리다 떠나면

혼자 아픈

나는 그 나무를 물어 가는 짐승이다

그 나무는 무엇일까 내 머릿속에서
그 나무는 무엇일까 기다렸다
쓰러질 것이다
그 나무는 무엇일까

태풍이 오고 있었다 나는 창가에서 나의 사물을
안았다 온기가 없었다

태풍 속 하늘을 바라보았다 새들이 떠내려가고
있었다 날개 가진 것들이 세상을 떠나는 시간일까
나는 무엇을 내놓을까

물 한 마리가 뚝 떨어지는 꿈을 꾸었다

태풍이 지나가고 밖으로 나갔다 길바닥에 새의

깃털들이 흩어져 있었다 빗물에 깃털들이 붙어 있
고 새는 없었다 그 짐승, 떨어진 새를 잽싸게 물어
간 짐승, 어쩌면 태풍 속

　길가에 나무가 쓰러져 있었다 그 나무를 처음 본
짐승일까 나는 몸을 바싹 낮추었다

　날다가 떨어진 나무일까
　나는 잽싸게 그 나무를 물었다
　나무의 깃털들이 날렸다
　물고 달렸다

　나는 그 나무를 물어 가는 짐승이다

　그 짐승은 무엇일까

쓰고 쓰러질 것이다

그 짐승은 무엇일까

쓰지 못하고 쓰러질 것이다

그 꽃도 나를 보았을까

아주 작은 꽃에겐

아주 작은 태양이 뜨고

아주 작은 달이 뜨고

쓰러진 그녀에게도

아주 작은 밤이 지나고

아주 작은 아침이 오고

버려진 개에게도

아주 작은 바퀴가 굴러가고

아주 작은 발이 지나가고

그녀와 개 사이에도

아주 작은 사람이 오고

아주 작은 사람이 가고

물 한 방울의 바다를 뒤집어쓴

아주 작은 꽃에겐

아주 작은 파도

아주 작은 수평선

아주 작은 해변엔

아주 작은 구름들

아주 작은 물모자들

그 꽃도 나를 보았을까

그 해변을 걸을 때

길 끝, 아주 작은 소녀들

쓰러졌다가 일어선 흰색들

비와 자매

비와 길과 우산 하나
소녀와 소녀가 붙어서 간다
우산 밖으로 미는 장난을 한다
동생이 나무 속으로 들어간다
비와 나무와 우산 하나
언니가 장미 속에 빠진다
비와 장미와 우산 하나
길과 우산 하나
소녀와 소녀가 보이지 않는다
물모자 하나
물모자 둘
소녀와 소녀가 붙어서 간다
우산을 높이 드는 장난을 한다
검은 하늘 속으로
나무와 장미와 물모자 하나, 둘

두 팔을 저었다

나무는 물주머니를 들고 있었다
나는 말주머니를 들고 있었다

나무는 새를 접어서 날렸다
나는 소리를 갖고 싶어
말주머니를 흔들었다

나무는 몸에 바람을 붙였다
나는 몸에서 날개를 꺼냈다
바람은 보이지 않고
날개도 보이지 않고
나무와 나는
부풀어 오른 곳만 어루만졌다

그녀들은 하루 종일 뛰어다녔다

잃어버린 아이는
작고 힘을 쓸 줄 모르는 말이었다

나도 뛰어다녔다
말주머니를 벌리고
지저귀다, 날다
두 팔을 저었다

그녀들은 물웅덩이를 팠다
깊게 판 물웅덩이를 안고
뛰어다녔다
풍덩, 물웅덩이로 들어올 아이를 찾아
어디든
뛰어다녔다

나무도 뛰어다녔다
물주머니를 안고

나도 뛰어다녔다
말주머니를 크게 벌리고
지저귀다, 날다
두 팔을 저었다

나앉을래요

물모자를 쓰고 나앉을래요

차가운 바닥에

가진 것이 없고

드러날래요

드러나는 순간 쓸쓸해질

나의 물문자들

그 방에선 무슨 일이 있었나요?

그녀는 없고 구두만 있고

꽃병이 없고

구두가 그녀의 발목을 내놓고 다 상해 있어요

상한 구두에 문자를 새기고

구두를 끌어요

물모자를 쓰고 나앉을래요

그 방에선 무슨 일이 있었나요?

가방만 있고

그녀는 없고

꽃병이 없고

가방이 그녀의 상한 손목을 달고 있어요

물웅덩이가 비치고

여자들이 등장하던 방

물웅덩이 속에서

풍덩, 꽃병이 소리를 내던 방

긴 외투만 있고

안경만 있고

꽃병이 없고

그녀는 없고

그 방에선 무슨 일이 있었나요?

가방을 끌어요

긴 외투를 끌어요

안경을 끌어요

물모자를 쓰고 나앉을래요

차가운 바닥에

가질 것이 없고

드러날래요

드러나는 순간 쓸쓸해질

나의 물문자들

길바닥에서

그 방의 그녀와

꽃병을 끌어요

시집을 옮겨주세요

햇살을 떼다 파는 상점

접고 빗줄기를 파는 상점

다시 바람을 차리는 상점

시인이 죽은 날은 3일 동안 셔터를 내리는 상점

누군가에겐 보이지 않는 상점

밤에는 새들이 날아들어

한 장 한 장, 한 줄 한 줄, 한 글자 한 글자

다 파헤치고 쪼는 상점

달빛 부리 상점

말들을 다 잃고 찾는 상점

시인과 시인이 스치는 상점

2층으로 올라가면 1층이 사라지고

3층으로 올라가면 2층이 사라지는 상점

단어들을 높이 쌓다가 추락한 시인들 상점

4층이 사라지고 꽃병이 떠다니는 상점

데이트 장소로 좋은 상점
봄 나무 기분 상점

거기 몇 층인가요?
오늘의 시인은 발끝이 위태롭고
층마다 시집들은 조용하고
부딪힌 시인은 얼굴이 없고
헤어지기 좋은 상점

그 상점에서 당신은 움직입니다
시집을 옮겨주세요
시집을 사지 말고 옮겨주세요

시집의 거리를 파는 상점
당신이 옮긴 거리

그 끝에 다시 생기는 상점

물모자를 쓰고 찾아가는 상점
물모자가 찾아낼 상점

그녀들이 등장하고
물웅덩이를 깊게 파는 상점

시집을 옮겨주세요
그 상점에서
시집은 거리를 꿈꾸는 사물입니다

시집을 옮겨주세요

움직입니다
당신과

물모자는 당신과 아늑한 공간에 있습니다

층마다 시집들이 쌓여 있고
몇 층인지 알 수 없고
높고
깊고
층들은 움직입니다
2층이 3층으로, 4층이 8층으로
시집들도 하나하나 움직입니다
1층에서 6층으로, 6층에서 3층으로
멈추지 않고 흐물거립니다
이곳은 물속인가요?

물모자가 움직입니다
당신과 움직입니다

물모자를 쓰고 당신이 움직입니다
시집을 찾고
시집을 안고
위로 위로
올라갑니다
수면에 가까이
수면에 가까이
물모자가 점점 환해집니다

찾지 못한 시집
물모자 아래에서 눈을 감고

이곳을 어디라고 써야 할까요

찾을 수 없는 시집
물모자 아래에서 눈을 뜨고
물모자 아래에서 눈을 뜨고

시집을 옮겨주세요

여기는 야산인가요?

왜 눈물부터 나올까요?

왜 어둠만이 내 몸을 덮었을까요?

공원으로 바뀌었대요?

꽃이 피었대요?

아, 내 얼굴이 왜 없을까요?

사람들도 온대요?

왔다가 갔대요?

엄마와 새는요?

도로가 났대요?

나는 왜 자꾸 덮이는 걸까요?

태풍이 불었대요?

내 몸은 왜 날지 못할까요?

빌딩이 들어섰대요?

빌딩 창문마다 매달려 울어도 될까요?

비가 내렸대요?

엄마는 떠돈대요?

빌딩이 헐렸대요?

공장이 들어섰대요?

공장이 헐렸대요?

시간이 왜 이리 빠른 걸까요?

왜 이리 눈물만 나올까요?

나를 찾아주실 건가요?

여기는 너무 쓸쓸한가요?

너무 깊은 곳인가요?

하늘이 파랗대요?

새가 되는 꿈을 꾸어도 될까요?

풀이 자랐대요?

풀 끝에 얼굴을 내밀어도 될까요?

당신이 올까요?

당신과 가도 될까요?

꽃이에요?

새예요?

여기에서 시작이 될까요?

내 눈물방울을 찾겠다고요?

비밀을 말해줄까요?

하늘이 정말 파랗대요?

바람 한 점 없대요?

고요하대요?

여기?

물모자가 놓였대요?

시집을 옮겨주세요

물모자를 쓰고 가는 길입니다
물모자로부터 가는 길입니다

모르는 새 이름처럼 모르는 소녀
험한 일을 당하고 야산에 묻혔다는데
험한 이 세상을 떠나는 모르는 새
모르는 소녀 이름

모르는 물모자
새 같은 물모자
소녀 이름 같은 물모자

물모자를 쓰고 가는 길입니다

물모자와 물모자가 만납니다

만나서 물모자는 하나인지 둘인지 모릅니다
새 한 마리 같기도 하고
두 개의 소녀 이름 같기도 하고

물모자 아래에서 꽃들은
시집이 옮겨진 아침을 이야기합니다
달밤을 전합니다

물모자와 물모자가 헤어집니다
모르는 물모자
예쁜 물모자

물모자를 쓰고 가는 길입니다

시집을 옮겨주세요

21개의 총
당신의 무기를 내려놓으세요[*]
물모자를 쓰세요
21개의 총
당신의 무기를 하늘로 던져버리세요[*]
물모자를 쓰세요

물모자를 쓰고, 시집을 옮겨주세요

흰색에 얼어붙은 소녀는
겨울 원피스와 파도를 끝냈어요

21개의 물모자와 걸어요
걸어가는 21개의 물모자는 시집의 모양
걸어가는 21개의 물모자는 시집의 비행

시집이 비행하는 거리

시집이 비행하는 들판

시집이 비행하는 해변

흰색에서 풀리면 소녀는 파도를 시작할 거예요

예쁜 겨울 원피스와

당신의 무기를 내려놓으세요

21개의 물모자와 걸어요

21개의 물모자와 걸어요

* Greenday의 곡 「21개의 총21 Guns」

시집을 옮겨주세요

　슬픈 단어를 옮기는 여자가 있었다 그녀는 항상
치마를 입고 다녔다 치마로 옮긴다고 했다 그날 치
마 속엔 꽃병이 있었다 나는 그 치마에 사로잡혀서
그녀를 만났다 그녀는 매일 다른 치마를 입었다 집
에는 치마가 백 장도 넘게 있다고 했다 나는 그녀의
집에도 사로잡혔다 치마들로 둘둘 싸인 집, 알록달
록한 치마로 부풀어 오르는 집, 치마를 확 걷어치우
면 사라지는 집, 치맛자락을 찰랑이며 떠날 수 있는
치마-집

　그녀의 치마 속엔 매일 다른 단어가 있었다 그 단
어들은 슬펐다 치마와 함께 찢어진 단어, 치마와 함
께 불타버린 단어, 치마가 벗겨지며 벗겨진 단어, 치
마가 버려지며 버려진 단어, 밟힌 치마와 밟힌 단어

　나는 그녀의 단어들에도 사로잡혔다 치마에 싸
여 이동하는 단어, 치마를 뒤집어쓰고 뛰어내리는

단어, 치마와 함께 널뛰는 단어, 치마와 빙글빙글 도는 단어, 치마 속에서 달을 맞이하는 단어, 치마와 붉어지는 단어, 치마와 높이 줄을 넘는 단어, 치마와 깊이 물웅덩이를 파는 단어

　나도 그녀처럼 치마를 입었다 그리고 그녀와 걸었다 치마-단어들이 어디로 가는지, 따라가볼 작정이었다 내 치마 속에도 꽃병이 있었다

　미리 얘기하지 못한 꽃병, 누군가 몽둥이로 맞을 때 공중에 떠 있던 꽃병

시집을 옮겨주세요

13인의아해가도로로질주하오

(길은막다른골목이적당하오)

—이상의「오감도」중에서

무거운 단어를 옮기는 이들이 있었다

제1의 이가 무겁다고 한다

제2의 이도 무겁다고 한다

제3의 이도 무겁다고 한다

제4의 이도 무겁다고 한다

제5의 이도 무겁다고 한다

제6의 이도 무겁다고 한다

제7의 이도 무겁다고 한다

제8의 이도 무겁다고 한다

제9의 이도 무겁다고 한다
제10의 이도 무겁다고 한다

제11의 이가 무겁다고 한다
제12의 이도 무겁다고 한다
제13의 이도 무겁다고 한다

이들은 다 다른 단어를 옮기고 있거나
다 같은 단어를 옮기고 있다

다 다른 단어들의 풍경은 슬프다
다 같은 단어들의 풍경도 슬프다

제1의 슬픈 단어는 시집이다
제2의 슬픈 단어는 시집이다

제3의 슬픈 단어는 시집이다

제4의 슬픈 단어는 시집이다

제5의 슬픈 단어는 시집이다

제6의 슬픈 단어는 시집이다

제7의 슬픈 단어는 시집이다

제8의 슬픈 단어는 시집이다

제9의 슬픈 단어는 시집이다

제10의 슬픈 단어는 시집이다

제11의 슬픈 단어는 시집이다

제12의 슬픈 단어는 시집이다

제13의 슬픈 단어는 시집이다

다 다른 시집일 수 있고, 다 같은 시집일 수 있다

시집을 옮겨주세요

물모자를 쓰고 상상합니다

문을 열고 나가는 시집
거리를 걷는 시집
누군가와 만나는 시집
집 앞에서 헤어지는 시집
골목을 도는 시집
빗물과 흐르는 시집
노을보다 멀리 가는 시집

달빛과 같이 가는 시집
달빛과 같이 가는 시집

꽃병과 잠자는 시집
꽃병이 깨어나자 깨어나는 시집

꽃병과 이동하는 시집

A에게 시집

B에게 시집

C에게 시집

D에게 시집

21에게 시집

32가 33에게 시집

48에서 48로 시집

길가에 시집

옥상에 시집

계단 끝에 시집

요술 치마와
줄을 타는 붉은 가재 시집
방의 곡예 시집

강을 건너는 시집
흰 날개 시집

풀밭 속에 시집
고양이 밥그릇 시집

새소리 시집
모르는 소녀 이름 시집

여기서 등장할래요
그녀들의 물웅덩이 시집

눈이 오면 만나는 시집
눈 속에서 녹는 시집

문자로 날아가는 시집
문자로 오는 시집

어느 날 사라진 시집

어느 날 나타날 시집

PIN

027

물모자를 쓰고 카페에 갔어요

신영배

에세이

물모자를 쓰고 카페에 갔어요

가방 속엔 시집과 아직 시집이 되지 않은 원고가
들어 있었다. 머리엔 물모자를 썼다. 카페로 들어갈
때 유리문에 물모자가 비쳤다. 좋은 날씨였다.

커피를 주문할 때 나는 물모자를 들키지 않는다.
벽에 붙은 메뉴판을 천천히 바라보았다. 에스프레
소에 흔들리다가 아메리카노를 시켰다.

커피 한 잔을 놓고 테이블에 앉았다. 조용하고
혼자 있기 좋은 구석이었다. 아직 시집이 되지 않은
원고를 들여다보았다. 커피 한 잔이 몸속을 도는 동

안 원고는 시집이 될까? 고개를 들면 유리창에 물모자가 비쳤다.

카페를 나갈 때 나는 물모자를 들킨다. 그 카페엔 직접 볶아서 파는 원두가 있었다. 200그램짜리 원두 한 봉지를 집어 들었다. 그가 계산을 하는 사이 나는 가방에서 시집을 꺼냈다. 그가 계산을 마치고 카드를 돌려줄 때 나는 그에게 시집을 내밀었다.

"시집을 옮겨주세요." 그 말이 시집에 붙인 메모지에 있었다. 그는 잠시 어리둥절한 눈빛이었다. 시집을 그곳에 놓고 가겠다는 말이었는데, 누구라도 그냥 시집을 가져가게 해주세요, 그 말이었는데 그는 시큰둥했다. 그는 카페의 종업원일 수도 있고 사장일 수도 있었다. "그러세요." 그의 말투엔 그러든가 말든가 하는 눈빛이 담겼다. 나는 그에게 물모자를 들켰는데, 그 물모자는 아무것도 아닌 것이었다.

나는 계산대 옆에 시집을 세워두고 카페를 급하게 나왔다. 누군가 계산대 앞에 서 있다가 시집을 보면 집어 들 것이다. 그리고 옮길 것이다. 그 카페엔 손님이 별로 없고, 또 누군가 시집을 본다 해도

집어 가지 않는다면, 아! 그라도 시집을 옮길 것이다. 어디로든, 어떻게든. 나는 상상했다. 물모자를 쓰고 걸어갔다.

시 한 편을 쓰기 위해선 커피 한 잔이 있어야 한다. 시 한 편을 지우기 위해서도 커피 한 잔이 있어야 한다. 시를 시작하기 위해서 커피가 있어야 하고, 시를 마감하기 위해서 커피가 있어야 한다.

없으면 없는 대로 살고, 뭔가 떨어지면 떨어진 대로 산다. 커피도 그렇다. 시 한 편을 쓰기 위해 커피 한 잔이 없어도 된다. 시 한 편을 지우기 위해 커피 한 잔이 없어도 된다. 그렇지만 시와 커피 생각은 긴밀해진다. 시를 시작할 때 없어도 되는 커피란 무엇인가. 시의 마감에서 빠져도 되는 커피는 무슨 밤인가.

카페에서 사 온 원두가 집에 있었다. 며칠 동안 행복할 수 있을까? 물모자를 쓰고 커피를 내렸다. 선물은 하루일까?

아침엔 환한 방으로 간다. 그 방엔 하얀색 식탁과 하얀색 의자가 있다. 주방에 있던 식탁을 방으로 옮겨서 쓰고 있다. 아침에 빛이 들면 식탁과 의자는 예쁘다. 하얀색이 예쁘다.

식탁에 앉아서 시를 쓴다. 쓰는 것은 많지 않고, 하얀색에 앉아 있다.

그 방에서 커피를 내린다. '내린다'라고 쓰는 말이 좋다. 곱게 간 원두 위에 끓인 물을 부을 때, 물이 갈색 분말을 적시고 천천히 식을 때, 그 말은 쓰기 좋다. 열이 내리는 아침일 것이다. 거름종이를 타고 커피 물이 떨어질 때에도 그 말은 쓰기 좋다. 쏟아지는 게 아니라 내린다. 머릿속에 검은 종이가 내려앉는 느낌이다. 한 줄 문장이 그 종이 위에 내려앉을 것 같은 좋은 기분, 내리는 기분이다. 비가 내리거나 눈이 내리는 날은 커피가 내리는 날이다!

점심에는 소파가 있는 방으로 간다. 그 방엔 커다란 책상과 의자가 있고 책들이 꽂힌 책장이 있고 고장 난 티브이가 있다. 그 방에서도 커피를 내린다. 책상 위에서 내린 커피를 소파에 앉아서 마신다. 점심 커피엔 우유와 설탕을 넣는다. 마시면 몸이 퍼진다. 잠이 든다. 소파는 파랗다. 잠이 들면 더 파랗다.

저녁에는 다시 환한 방으로 간다. 그 방엔 붉은 빛이 조금 든다. 커피를 내린다. 물이 커피에 닿을 때 어떤 시도 닿을 것 같은 잠시, 다 놓치고 단지 떨어져 내리는 말의 잠시, 그 방의 잠시.

방에는 커피가 있다. 방에서 시를 쓴다.

방에서 나오지 않고 살아 있냐고 묻는다. 시만 쓰고 어떻게 사냐고 묻는다. 사람들은 나의 숲에 대해서 묻는 것이다. 나의 숲엔 식탁과 소파가 있다.

시를 쓰고 원고료와 인세를 받아서 살고 있다. 몇 년에 한 번 문화예술기관에서 창작지원금을 타 쓴다. 시를 쓰기 위해 앉는 나의 식탁은 나른하다. 시를 생각하며 누워 있는 나의 소파도 나른하다. 나른한 사물들을 숲으로 끌고 가기. 그 숲에서, 막 끌어온 식탁에 앉아 시 쓰기. 막 끌어온 소파에 누워 시 생각하기. 방에서 벌어지는 일이다.

동네에 있는 카페에 갔다. 물모자를 쓰고 갔다. 가방에는 여전히 시집과 아직 시집이 되지 않은 원고가 들어 있었다. 그 카페에선 동네에 사는 소설가를 만났다.

내 앞에는 에티오피아 커피가 놓였고 소설가 앞에는 에스프레소 마키아토가 놓였다. 우유 거품이 얹어진 에스프레소는 예뻤다. '예쁘다'라는 말을 썼다. 그때 소설가가 한 입 마셔보라며 잔을 내밀었다. 나는 망설임도 없이 한 입 쭉 마셨다. 부드럽고 쓴맛! 마시고 나서야 나는 생각했다. 소설가와 나는 아주 친한 사이도 아닌데, 둘 다 조금씩 결벽증도 있는데, 그 작은 잔의 한쪽을 내주고 받아먹다니! 커피라서 가능한 일이 아니었을까, 커피를 좋아하는 상대라서 가능하지 않았을까?

나는 소설가에게 먼저 그 시집을 보여주었다. 시집에 붙인 메모를 이야기해주었다. 소설가는 고개를 갸우뚱했다. "SNS를 하는 게 어때?" 소설가가 나에게 말했다. "글쎄." 나는 커피를 마셨다. "그것도 옮기는 거잖아." "그런가?" 하지만 나에겐 물모자가 있었다.

그 카페의 가장 아기자기한 곳에 시집을 세워두었다. 나무 장식품과 인형들 사이였다. 소설가는 카페의 사장과 안면이 있는 사이였다. 그래서 나 대신 시집 이야기를 해주었다. 그리고 "시집을 옮겨주세요"라고 장난스럽게 말했다. 장난, 그것도 좋았다.

시를 향해 무엇보다 빠르게 움직이는 물을 가지고 있다. 물을 식탁에 놓고, 물에 닿지 않는 식탁에 앉아 있다. 식탁을 쓰고 있다, 닿지 않는다, 닿을 것이다. 식탁은 물에 닿아서 물식탁이 된다.

사물이 물에 닿아 물사물이 되고, 그 물사물은 물의 행위를 한다. 흐르고, 출렁이고, 넘고, 돌고, 휘몰아치고, 내리고……. 그 물의 행위에 휩싸인 말이 시일 것이다. 그래서 흐르는 말들, 출렁이는 말들, 넘고 돌고 휘몰아치는 말들, 내리는 말들…….

지루하게 놓인 사물이 있으면 물로 장난을 치고 싶다. 어두운 곳에 있는 사물은 환한 곳으로 끌어내고 싶다. 폭력 쪽에 있는 사물은 그 반대쪽으로 옮

기고 싶다. 물사물을 쓴다. 물사물로 슬픔을 옮기고
싶다.

그 꽃향기! 커피에 처음 빠졌을 때의 시간과 공
간을 말하자면 그 꽃향기.

커피가 반짝이는 시간, 아무 말이 없고 아무도
없고 나뭇잎 흔들리는 소리에 감싸이고, 혼자다. 커
피, 혼자와 잘 어울린다. 커피가 아니라면 깨어 있
지 못할 혼자, 커피가 아니라면 잠들지 못할 혼자,
꿈속에 빠진 혼자, 커피가 있어서 좋은 혼자다.

커피가 흔드는 공간, 함께 흔들리고 아무도 아프
지 않고, 함께 흔들리고 모두가 아프고, 말에 가까
워지고, 말에서 멀어지고, 그 흔들림의 당신과 나.

커피가 아니었다면 나는 누구와도 가까워지지
못했을 것이다. 커피가 있어서 다가갈 수 있는 사
람과 생각할 수 있는 사이와 고백할 수 있는 문장이
있다.

물모자를 쓰고 카페에 간다. 물모자를 쓰고 커피

를 찾아간다. 나뭇잎 흔들리는 소리. 그 소리의 커
피를 물모자가 찾아낸다.

신촌 전철역에서 내려 한참을 걸어가면 나만 알
고 싶은 공간이 있다. 7층, 잘 보이지 않는 작은 카
페에서 커피를 마신다. 원고를 붙들고 앉아 있다.
카페 밖의 벤치에도 앉아 있다. 카페 밖에는 나무들
이 서 있고, 7층이다. 나는 그곳을 옥상이라고 부른
다. 옥상에선 도시 한복판이 내려다보인다. 빌딩과
도로와 기찻길과 기차와 달리는 차들과 움직이는
사람들. 거기서 나도 움직인다. 원고를 붙들고 옥상
에 앉아 있다.

물모자를 쓰고 오래 걷기도 한다. 거리의 유리
문엔 물모자가 비친다. 빛의 유리문을 밀고 들어갈
때, 그 유리문을 밀고 나오는 사람이 있다. 물모자
를 쓴 사람이다. 물모자와 물모자는 마주친다.

그 카페는 문이 닫혀 있는 날이 많았다. 사진 스

튜디오로 함께 쓰는 카페였다. 사진작가인 그녀는 촬영 때문에 출장을 자주 갔다. 카페 문에는 '출장 촬영 환영'이라는 문구가 붙어 있었다. 그녀는 어디든 가는 모양이었다. 내 머릿속에는 해변이나 숲속에서 이루어지는 웨딩 촬영이 떠올랐다. 하지만 카페 안에는 그런 사진이 없었다. 그곳엔 새 사진들만 있었다. 한창 작업 중인 작품들처럼 테이블 위나 벽과 바닥에 흐트러져 있었다. 사진 속 새들은 모두 상한 모습이었다. 날개가 부러진 새, 유리창에 충돌해 들러붙은 새, 강물 위에 죽어서 뜬 새, 새의 터진 눈, 나뒹구는 부리…… 왜 그런 사진들을 찍어놓았을까? 새를 찍으러 그녀는 얼마나 멀리 가는 걸까?

나는 그 카페에서 커피를 마셨었다. 새 사진들 사이에서 커피를 마셨었다. 시집 속에서 어느새 새들은 밖으로 나온 걸까? 나는 물모자를 쓰고 있었다. 그 새들은 언제 어떻게 다시 시집이 되려는 걸까?

그 카페에도 시집을 세워두었다. 그런 지 시간이 꽤 지났다. 나는 그 카페가 문을 닫은 날이면 유리창에 붙어 서서 안을 들여다본다. 누가 시집을 옮겼

나? 시집이 어디로 갔을까? 그 상한 새들 속에서 누가 시집을 옮길까? 나는 물모자를 쓰고 상상한다.

나의 숲은 빽빽해서 누구라도 들어올 틈이 없다. 숲을 어떻게 벌릴까, 생각하는 식탁에 앉아 있다. 숲을 어떻게 벌일까, 생각하는 소파에 누워 있다.

커피가 있는 공간이면 어디든 앉아 원고를 붙들고 있다. 병원의 카페 라운지나 버스 터미널의 카페에도 앉아 있다. 백색소음 속에는 누군가 아프고, 누군가 떠나고, 누군가 만나고, 누군가 사랑하고…… 커피 한 잔이 벌인 공간 속에는 타자들의 말이 희미하게 떠 있다. 나는 여전히 나의 숲에 빠져 있고, 그 숲이 점점 희미해지는 것을 본다. 부드러운 물과 흐르는 말에 빠질 때 사람들 사이엔 나의 소파가 떠 있고, 사람들 사이로 나의 식탁이 움직인다.

쓸 수 있는 힘은 무엇일까. 커피 한 잔이 있으면 쓸 수 있다. 커피 한 잔이 없어도 쓸 수 있다. 아플 땐 아무것도 쓸 수 없고, 정말 아플 땐 물소파를 쓸 수 있다. 아무것도 없을 때, 물식탁만 있으면 쓸 수 있다.

숲을 살짝만 벌려도 달려오는 사람들이 있어서 쓸 수 있다. 아픈 여자들이 물소파에 앉아 있어서 쓸 수 있다. 내가 나의 숲을 안고 달려가는 그곳에 더 약한 말들이 있어서 쓸 수 있다.

어제 고치지 못한 시가 있어서, 오늘 마감해야 할 시가 있어서.

떠나는 사람이 있어서, 떠나보내는 형식 중에 시라는 것도 있어서.

나와 함께 사는 동물이 있어서.

시집을 보내주는 사람들이 있어서, 한 번도 본적 없는 사람이 시집으로 날아와서.

혹은 아무도 없어서, 아무도 없이 혼자 가야 할길이 있어서.

(그래서 커피를 내린다.)

물사물로 다가가야 하는 사람들이 있다. 여려서,

약해서, 다쳐서, 고요해서, 희미해서……

다가가 물모자를 선물해주자.

그 카페엔 아직도 나의 시집이 놓여 있었다. 예쁘게 포장된 초콜릿과 사탕들 사이였다. 시집 같은 것은 못 본 척, 나는 커피를 주문했다. 그 카페엔 종업원이 많고 다들 바쁘게 움직였다. 그래서 매번 나는 나의 물모자를 들키지 않았다.

등 뒤에 서 있던 여자가 팔을 길게 뻗어 시집을 집어 갔다. 나는 아주 천천히 그녀를 돌아보았다.

그 카페는 3층이었고 천장이 유난히 높았고 한쪽 벽이 전부 유리였다. 그래서 하늘이 넓게 내다보였다. 비가 올 땐 한쪽 어깨가 젖는 느낌, 눈이 올 땐 한쪽 옆구리가 파이는 느낌, 그 카페에서의 커피 맛이 그랬다.

그녀가 유리벽을 마주하고 앉아 시집을 펼쳐 보았다. 하늘은 흐렸다. 나는 유리벽에서 멀리 떨어진 테이블에 앉아 커피를 마셨다. 원고를 붙들고 있었다. 그러면서 슬쩍슬쩍 그녀를 바라보았다.

시집이 그녀의 찻잔 옆에 놓였다. 어느새 그녀의 머리 위에 물모자가 떴다. 유리벽에 그녀의 물모자가 비쳤다.

시집은 그녀의 가방 속으로 들어갔다. 그녀가 가방을 어깨에 걸치고 카페를 나갔다. 그녀가 나간 뒤에도 유리벽엔 그녀의 물모자가 떠 있었다.

나의 물모자가 그녀의 물모자를 바라보았다. 그녀의 물모자가 움직이기 시작했다. 흐린 하늘 속이었다. 그녀의 물모자가 둥둥 떠서 멀리 사라졌다. 그녀는 아마도 멀리 가는 모양이었다. 시집이 멀리 가는 모양이었다.

물모자를 선물할게요

지은이 신영배
펴낸이 김영정

초판 1쇄 펴낸날 2020년 3월 30일

펴낸곳 (주)현대문학
등록번호 제1-452호
주소 06532 서울시 서초구 신반포로 321(잠원동, 미래엔)
전화 02-2017-0280
팩스 02-516-5433
홈페이지 www.hdmh.co.kr

ⓒ 2020, 신영배

ISBN 978-89-7275-159-5 04810
      978-89-7275-156-4 (세트)

* 책값은 뒤표지에 있습니다.
* 이 도서의 국립중앙도서관 출판예정도서목록(CIP)은 서지정보유통지
  원시스템 홈페이지(http://seoji.nl.go.kr)와 국가자료종합목록 구축시
  스템(http://kolis-net.nl.go.kr)에서 이용하실 수 있습니다.
  (CIP제어번호: CIP2020008994)

〈현대문학 핀 시리즈〉는 당대 한국 문학의 가장 현대적이면서도 첨예한 작가들을 선정, 월간 『현대문학』 지면에 선보이고 이것을 다시 단행본 발간으로 이어가는 프로젝트이다. 여기에 선보이는 단행본들은 개별 작품임과 동시에 여섯 명이 '한 시리즈'로 큐레이션된 것이다. 현대문학은 이 시리즈의 진지함이 '핀'이라는 단어의 섬세한 경쾌함과 아이러니하게 결합되기를 바란다.